生命赞歌

——献给黄大年

北方妇女儿童出版社

长春

图书在版编目（CIP）数据

　　生命赞歌：献给黄大年 / 许华应著. -- 长春：北
方妇女儿童出版社，2017.10（2023.1重印）
　　ISBN 978-7-5585-1650-4

　　Ⅰ. ①生… Ⅱ. ①许… Ⅲ. ①叙事诗－中国－当代
Ⅳ. ①I227.3

　　中国版本图书馆CIP数据核字(2017)第249472号

生命赞歌——献给黄大年
SHENGMING ZANGE XIANGEI HUANG DANIAN

出　版　人：师晓晖
责任编辑：李　媛
封面设计：李　媛
开　　本：880mm×1230mm　1/32
字　　数：50千字
印　　张：3.75
印　　刷：北京盛华达印刷科技有限公司
版　　次：2017年10月第1版
印　　次：2023年1月第2次印刷

出　　版：北方妇女儿童出版社
发　　行：北方妇女儿童出版社
地　　址：长春市福祉大路5788号
电　　话：0431-81629600（总编办）
　　　　　0431-81629633（发行科）

定　　价：38.00元

写在前边

　　一个伟大的时代，必然会涌现许多英雄人物，展示时代的特征和光辉。党的总书记习近平对黄大年同志"心有大我，至诚报国"崇高精神的赞誉，昭示了英雄行为高尚之实质，灵魂大美之内核，给我们以启迪和力量，指出了学习英雄之方向。

　　英雄的事迹，习近平同志的指示，点亮了心中的火焰。于是欣然命笔，倾吐衷情，讴歌英雄。赞美我们伟大的时代，赞美为实现"中国梦"砥砺前进的伟大精神。

　　人的生命有限，可伟大的精神力量无限；人的生命有它的长度，但更有它的厚度；人的生活有其困难甚至苦难，但更有卓绝创造和无私奉献带来的快乐和幸福；人生的岁月尽管无情，但人的生命有情，尽可让生命放射奇光异彩，实现生命的价值！

黄大年同志的人生之路，昭示了生活的真理和可贵的生命力量。他高尚的情怀，美丽的心灵世界，伟大的爱国主义精神，犹如真理的火炬，永远照亮我们前进的道路。

目录

一　未曾离开

时间啊，

时间，

如果能用时间延长你的生命，

我们宁愿少活十年二十年；

金钱啊，

金钱，

如果能用金钱挽救你的生命，

我们宁愿变成身无分文的穷光蛋；

幸福啊，

幸福，

渴望幸福是人们共同的心愿，

如果放弃幸福能换回你的生命，

我们都毫不迟疑，心甘情愿……

黄大年啊，黄大年，

你的品格是如此高尚，令人崇敬；

你的精神是如此伟大，让人怀念。

黄大年，难道你真的离开了？
不可能，不可能呀！
你依然谈笑风生，
你依然站在教室的讲坛，
你依然工作在不眠的夜晚，
你依然在飞机上翻阅文献，
你依然带领大家攻关，
你依然在我们中间……

黄大年啊，黄大年，
仿佛看见你慈祥的笑脸，
仿佛看见你宽厚的双肩，
仿佛看见你睿智的双眼，

仿佛看见你情急之时不顾一切扑倒在

雪地，^{注1}

仿佛看见你又站在投影幕前。^{注2}

仿佛看见你，

披荆斩棘，

不畏艰险，

——向着科学的高峰，

向着人生的极限，

奋力登攀！

注1：黄大年为创设移动平台探测技术，需建设无人机研制机库。在地质官门前师生忙活两个月才建成。但有关部门认为是违章建筑，开着卡车要推倒。黄大年为保护车库，就地躺下。几个学生也跟着躺下，此事足可看出黄大年不惜己身的精神。

注2：黄大年在"地壳一号"专家验收会上在投影幕前讲解。

仿佛看见你，

带领一支四百人的科研团队，

向着被外国封锁的高端技术前沿，

向着地球物理探测的禁区，

向着硝烟炮火封堵的科研阵地，

呼啸着，

燃烧着，

呐喊着，

冲锋着，

奋不顾身，

一马当先，

宁愿粉身碎骨，

宁愿献出生命，

也要攻克，

也要占领，

——这关乎国家利益的制高点。

不惜英勇地倒下，

也要让胜利的旗帜，

生命的旗帜，

高高飘扬在峰巅！

二　天地之间

黄大年啊，黄大年，

你铸成了一座心灵的高峰，

你写下了人生壮美的诗篇，

你触动了中华儿女的灵魂，

你为中华民族做出了杰出的贡献。

中共中央总书记习近平深深地被你感动，

给予你崇高的评价，光荣的礼赞：

"心有大我，至诚报国。"

八个大字，重于泰山。

你的生命之光啊，

充溢华夏辉耀万里江山；

你的英雄事迹啊，

彪炳春秋史册，

永驻人间！

"心有大我，至诚报国"，

是你肝胆的映照，
是你灵魂的再现，
是你毕生的追求，
是你热血的浇灌，
是你伟大的情怀，
是你力量的源泉。

这"大我"啊，
就是一颗赤子之心
装满了祖国，
装满了人民，
装满了万里河山！
"大我"有大爱，
大爱无边，

大爱如天！

那是一个美妙的心灵世界，

鲜花盛开，无比灿烂。

那是一座心灵的高峰，

巍峨壮美，耸入霄汉。

心灵的丰碑镌刻着：

"祖国高于一切！"

至纯至粹，

至美至善，

天地之间啊，

正气浩然！

你有一块心灵的净土，

从未污染；
父母播下爱国的种子，
埋在心田。
国家兴亡的重任，
担在双肩。

至诚的爱，
没有索取；
至诚的爱，
无私奉献。
精神永恒啊，
乾坤誉满！

三　初读人生

你是块铁，

　　经过冶炼变成钢；

你是块泥，

经过窑烧制成砖。
从小经受风吹雨打，
从小经历生活的考验。

小小年纪随父母下放到桂西南。
那里是"十万大山"的故乡，
曾是抗敌御侮的前线。
上学的山路弯弯啊，
几十里盘曲不断。
风餐露宿，
还有遇到猛兽的凶险。
走不尽的山路，
望不尽的大山。
群峰陡峭，

沟谷相连。

艰辛的环境，

对你是难得的磨炼。

念中学，教你的老师，

都是"城里下放的大知识分子"。

在你的心目中，

他们坚强、刻苦、自尊、乐观。

父亲母亲有丰富的专业知识，

跋山涉水从事地质教学和勘探。

父亲时常谆谆教导：

要尽孝，更要尽忠，

齐家治国要牢记心间。

理想的胚芽在心灵里慢慢长大，

总有一天会长成大树参天！

黄大年高中毕业，
考上了航空物探操作员。
当你"第一次从飞机上，
俯瞰祖国广袤土地，秀美山川，
激动的心久久不能平静，
对祖国山河质朴的爱，
深深植入"注心田。

人生啊，不断迎来新的挑战。
高考——这是人生的转折点！
人生之路被照亮，

注：见《人民日报》2017年7月12日：《心有大我，山一样的巍峨》。

生命之火被点燃。

上大学一直是你梦寐以求的理想，

地质勘探事业是你宏伟的心愿。

大山的孩子啊，

哪能惧怕千难万险。

白天翻山越岭去找矿，

夜晚点灯熬油去"苦战"。

酷暑难耐，蚊虫叮咬，

连篇背诵，将书翻烂。

天道酬勤结出硕果，

脱颖而出成绩斐然。

看那山花吐露出芬芳，

看那甜橙露出了笑脸。

你成为六百多名考生的佼佼者，
踏入全国重点大学长春地质学院。
那是你人生际遇的转折点，
新的天地展现在你的面前……

四　　"我辈之责"

大学是一座大熔炉，

大学是获取知识的摇篮。

青春理想在这里放飞，

青春之路一往直前。

师生间的拳拳之情，

驱逐了离乡离家的孤单；

为了抵御北国的严寒，

老师为你亲手缝制棉衣棉被；

为了照顾你生活的拮据，

每年都有助学金给你解决困难。

为了"把失去的光阴夺回来"，

你在地质宫的图书馆日夜奋战。

年轻的心，

被春风鼓荡，

为祖国而刻苦学习，

何惧任何困难。

这大山里走出的孩子啊，

如鱼得水，

如帆得风。

"三好学生"，优秀干部，

各种荣誉接连不断。

金色华年飞逝，

到了挥手告别的时间。

在毕业纪念册上，

贴着你青春勃发的照片

和你写下的庄严的人生誓言：

"振兴中华，乃我辈之责！"

至诚发自肺腑，

鸿鹄之志高过云天！

你身着中山学生装，

目光炯炯，

浓眉大眼。

血管里，

滚动着青春的热血；

胸膛里，

燃烧着炽热的火焰！

美丽的青春，

为谁绽放？

智慧的人生，

为谁奉献？

为人民服务，

时刻听从祖国的召唤。

你成绩优异，留校任教。

在教学岗位上继续深造钻研，
科技创新，捷报频传。
振翼起飞的雄鹰啊，
勇敢地飞向万里云天……

五　根在哪里

蓬勃成长的华年，

让黄大年鼓起生命的风帆。

你不想"枉自一生"，

要做一朵浪花奔腾向前；

你要献身人类壮丽的事业，

推动历史向前发展。[注1]

党的哺育啊，

让你胸怀凌云壮志；

祖国的需要啊，

为你创造了成长的条件。

在异国他乡锤炼你坚硬的翅膀，

终会有一天要翱翔在祖国的蓝天。

利兹大学留下你奔跑的身姿，[注2]

每分每秒都在攻读奋战。

你成为海外求学唯一的优秀博士，[注3]

注1：黄大年1988年写下的入党申请中的话。

注2："中英友好奖学金项目"启动，黄大年经过筛选被公派出国留学。

注3：黄大年以排名第一的成绩获得利兹大学地球物理学博士学位，成为该系获评优秀学生中唯一的海外学生。

获得老师同学的交口称赞。

第二次出国是为了追赶科技事业的发展，
在英国伦敦一家航空地球物理公司搞
科研。
多年的努力钻研让你成为"传奇人物"，
带领一批一流科学家进行科技攻关。
有一次你在大西洋深海进行新的实验，
从遥远的家园，
传来父亲的临终遗言：
"我们父子恐怕不能见到最后一面，
但你要牢牢记住，
你可以不孝，
但不能不忠……"

常言道：自古忠孝难两全。

你热泪挥洒大西洋，

悲痛长留天地间。

两年后，

你从潜艇移到飞机进行实验。

至爱的母亲濒临病危，

盼望你早一点回到家园。

母亲告诫"你是有祖国的人"，

你将忠告牢记心间。

母爱如海，

父爱如山。

伟大的父母，

爱国之情同在，

华夏血统一脉相传。

祖国啊，

只要你一声呼唤，

儿子就会回到你的身边！

你时常感叹，

对女儿说：

"我们的根在中国。

总有一天，

要落叶归根啊！"

根在哪里？

根在生我养我的神州大地。

时刻不忘人民的恩情，

时刻倾听祖国的召唤。

六　祖国高于一切

十八年的英伦岁月，

留下许多难以忘怀的眷恋。

你在这里开创一片新的天地，

得到国际同行的称赞。

外国人也很看重你的才学，

希望在科技竞争中你能做出贡献。

这里的生活优越，居住的洋房别墅，

坐落在风景如画的康河岸边。

草坪宽阔，碧水映照蓝天。

康河的潺潺流水，波光潋滟。

徜徉这里的美景，

是多少人倾慕的悠闲。

从事医学工作的妻子，

开了两家中医诊所，

事业也干得热火朝天。

女儿在大学读书，

一家人生活和乐美满。

但是这所有的一切，
并不能满足你的心愿。
你深深地知道，
自己不是一只离弦的箭，
自己永远是一只要飞回故乡的雁。
祖国实施"千人计划"，
拨动你的心弦。
振兴中华唱响华夏大地，
你再也按捺不住心中的万丈狂澜。
你说过："祖国需要，我必全力以赴！"
今天，终于等到了这一天！

有一个严峻的问题，

时常萦绕在你的心间：

今天，在残酷的竞争中，

没有一个国家会把关键技术核心项目，

无偿地施舍给别人，

依靠别人真是难于上青天！

要靠自己争气，

要靠自己的智慧，

扭转乾坤，打开局面！

自己最大的满足，

就是让祖国强大啊！

在此"弯道超车"的时刻，

岂能回避风险！

任何事情也不能动摇你的决心，

为祖国献身你意志弥坚。

尽管你的同事声声挽留，
尽管你的公司震惊慨叹，
尽管你的老师执手难言。
人非草木，岂能无情啊，
它也多少次震动你的心弦！
但是，"祖国高于一切"，
你在心灵深处早已呼唤这一天。
这里的一切，
和祖国的需要比起来，
都视若薄雾轻烟！

个人事小啊，

祖国事大；

家庭事小啊，

国家事大；

心像澄碧的大海，

情似庄严的蓝天，

生命属于祖国啊，

忠于祖国是心灵的呼唤，

游子归心，

落叶归根，

祖国啊，你的儿女就要与你见面！

七　关键抉择

二〇〇九年，

平安夜的夜晚，

西方世界一片狂欢。

此时此刻，

你却迎着北国的飘飘瑞雪，

冒着零下二十多度的严寒，

飞回了祖国母亲的身边！

激动的心情难以言表，

不知怎样才能平复那

心中卷起的万顷狂澜。

黄大年啊，黄大年，

你的心灵像美丽洁白的雪花

那般纯洁；

你的心灵像满天繁星

那般璀璨；

你的心灵像北方千里沃野

那般宽广；

你的心灵像长江黄河

那般壮观。

你推开了一扇生命的窗，

生命里展现的是一望无垠的峻岭高

山……

人生啊，生活啊，

新的转折摆在面前，

对谁都是个严峻的考验！

不同的生活出发点，

就会选择不同的道路，

得出迥然不同的答案。

各种欲望的诱惑，

没有让你眼花缭乱；

不同的人生风景，

没有让你心骛旁观。

黄大年啊，黄大年，

你没有选择逃避时代的责任，

你没有选择优渥的沉湎。

你的选择是情感的归宿，

你的选择是理想的实现，

你的选择是攀登巍峨的大山，

你的选择是为国分忧解难！

你的选择是人间大爱，

大爱无垠，大爱如天！

告别了这里的一切，

告别了也心甘情愿！

毅然决然，当机立断，

不再有丝毫的优柔寡断。

不再停留，

飞向华夏，

飞向蓝天。

天地之间，

人生风景无限。

一级一级地向上攀登，

直到生命的极致，

生命的顶点。

黄大年啊，

你又跃上一个生命的台阶：

望神州如画，

地阔天宽！

八 从未言败

HUANG
DANIAN

当你踏上家乡的土地，

使命感就已担在了双肩。

国外引起了少有的震动，

外国媒体曾经报道：

"黄大年归国，

能让某国演习的舰队航母，

后撤一百海里……"

惊呼和感叹，

传递出少有的敏感和不安！

因为你从事的地球物理学的重大课题，

和国家的利益息息相关，

关乎国家的战略方向，

关乎国家的国防安全。

有些重大项目的攻关，

等于给舰艇、飞机、钻井平台

装上了千里眼……

能发现别人无法发现的目标，

能把隐秘的世界暴露在眼前。

有的项目我们是刚刚起步，

有的项目我们是空白一片。

如果说我们还是小米加步枪，

而人家已是弹道导弹。^注

人家的强大并不是自己强大，

只有自己国家强大你才感到心安！

追赶，追赶，

苦战，苦战。

面对盘山大道，

还要实现"弯道超车"，

真是"蜀道之难难于上青天"！

注：黄大年接受新华社记者王海鹰、王井怀采访时说：如果说我们
是"小米加步枪"的部队，人家就是有导弹的部队。

你曾说过：

"强强碰撞的群雄逐鹿中，

从未言败，也几乎从未败过！"

啊，多少英雄气概！

啊，多少豪壮肝胆！

压力，压力，

千吨万吨的压力；

担起，担起，

那压不垮的肩膀啊，

担起实现中国梦的重担！

各种困难摆在你的面前：

攻关项目需要你组织管理，

关键突破需要你严格把关，

战略科学家要有战略筹划，

深部探测项目首席科学家要有设计方案，

航空领军科学家要领军在先。

一桩桩，一件件，

都要真枪实弹。

你要激发团队的活力，

你要形成跨学科跨部门的联合作战。

你要挖掘各个领域的所有资源，

你既要总揽全局眼光高远，

又要亲身实践细致周全。

强健的身躯因压力而病倒，

工作的焦虑经常让你失眠，

被带状疱疹折磨得寝食难安。

黄大年啊，黄大年，

无数的困难像大山横在面前，

但是大山的儿子岂能惧怕困难。

你穿云破雾奋力登攀，

你披荆斩棘谁能阻拦！

对祖国的爱是你力量的源泉，

不屈不挠就能到达胜利的彼岸。

你率先垂范让大家心服口服，

卓识远见带动团队一致向前。

创新给项目安上了腾飞的翅膀，

苦干让理想飞得更高更远……

你攻克了一个个坚固堡垒，

你拿下了一个个科技项目的制高点。

你不惜牺牲一切的倔强形象，
深深印在大家的心间。

北戴河"千人计划专家"的座谈会
释放出国家政策给科学家带来的温暖，
总书记习近平推心置腹的讲话，
犹如春风雨露滋润你们的心田。
赋予首席科学家支配的权力，
拿到了统领指挥的"尚方宝剑"。
每当看看那张难以忘怀的合影留念啊，
就有一股暖流涌上心间……
每当想起国家对科学家的重视，
就好似长风鼓起前进的风帆。

黄大年啊，黄大年，

整整七年，

二千五百五十五天，

你完成了别人无法想象的事业，

创造了"黄大年神话"；

你让世界地球物理界震惊，

赞叹这是"非常创新，非常前沿"！

中国的精神，

中国的速度，

中国的志气，

中国的魂魄，

都在黄大年身上得到体现！

有了你们这些科学家的奋争，

中国梦才会更加璀璨……

科教兴国的纪念碑上，

会镌刻你的名字；

祖国前进的滚滚洪涛中，

会有你生命浪花的飞溅；

浩瀚的宇宙中，

"我爱你，中国"回荡在天地之间……

九 惜时不惜命

鲁迅说："时间就是生命。"

生命就是时间啊，

黄大年是惜时不惜命，

让生命释放最明亮的光焰。

黄大年的工作，

几乎分不清白天和夜晚，

八小时之外也是工作的时间。

夜晚地质宫五〇七室的灯光，

一直亮到凌晨两三点，

你有时几乎是彻底不眠。

看门的老大爷，

开头有些心烦。

通常他夜里十点钟关门，

可对黄教授又没法阻拦。

人心都是肉长的，

他渐渐心生爱怜，

看你是如此的拼命啊，

看你熬红的双眼，

看你日渐消瘦的脸，

天天、月月、年年！

老大爷十分感动，

他告诉黄大年：

教授，我能等你，

可你不能这么干……

黄大年啊，

"地质宫夜晚的长明灯"

整整亮了七年。

那不熄的灯光是生命之火，

用你的心血点燃！

你每年出差有一百几十天，

每次出差都订夜里航班，

为的是不浪费白天的工作时间，

不知有多少夜晚在椅背上入眠，

疯狂工作到了极点。

有人又称你为"拼命黄郎"，

真是拼到"疯疯癫癫"。

惜时不惜命，

分分秒秒都被工作挤占。

甚至吃饭，

都认为是奢侈浪费。

你经常不去食堂，

在办公室又吃得如此简单：

烤玉米、面包、咖啡一杯。

你对自己是如此残酷啊！

残酷到将自己的生命抽丝剥茧，

残酷到将血肉之躯一点一滴榨干。

你将生命的力量，

发挥到了极限。

恨不得一夜之间，

能扭转乾坤；

恨不得一时之间，

让彩虹出现……

情到深处是无言，

你对祖国的爱，

都藏在默默无言之间。

特别是你那颗晶明透亮的心啊，

已全部被事业填满……

许多人是在走步，

而你是在奔跑；

许多人的工作按部就班，

而你却有超乎常人的紧迫感。

有时飞机误点，

你就在候机室阅读文献。

更不好过的是飞机停飞，

你就会长吁短叹。

大家推你回去休息，

你说明天上午的会议等你发言。

改乘火车弄得手忙脚乱，

没有卧铺更让人心酸。

颠沛和疲惫，

你却没有一句怨言。

早已将个人的一切置之度外，
心里只燃烧报效祖国的火焰。

在国外是赫赫有名的科学家，
在国内有战略科学家的头衔，
你却如此的虔诚，如此的平凡，
如此朴实，如此简单。
为事业如此不顾身家，
为科学如此甘心情愿，
为祖国如此拼搏，
为华夏如此忠肝义胆。
飞驰的列车啊，
承载了你多少豪情；
翱翔的飞鹰啊，

超越了人生飞行的极限。
黄大年啊，黄大年，
你实现了自我超越，
将生命写在大地蓝天。

十　责任大于天

HUANG
DANIAN

"科研疯子"，有人这样评价。

"拼命黄郎"，有人这样称赞。

"拿出生命做科研"，几乎异口同声。

"像太阳一样燃烧自己"，
生命闪耀着万丈光焰！
你就是这样投入战斗，
你就是这样"疯疯癫癫"，
"疯魔入火"，在火中冶炼！
这样"疯魔"的人越多，
中国梦就早一天实现！

你无法留住飞逝的岁月，
但你拼命地抢回失去的时间。
把自己当成钢铸铁打的身躯，
把自己当作金刚不倒的罗汉。
几天几夜连轴转，
忘了休息，忘了睡眠。

长春—北京，

北京—长春，

往往返返。

在办公室里，

你有几次昏厥和痉挛，

当你醒来，

叮嘱秘书要为你隐瞒。

同事为此而深深感动，

你却表现得非常淡然。

五年的攻关，

五年的苦战，

深地探测"地壳一号"项目，

进入收尾的关键阶段。

二〇一六年元旦的夜晚，

地质宫楼外，

欢歌笑语喧天。

地质宫五〇七室的黄大年，

静静望着窗外的火树银花，

想想孤独在家的妻子不由得思绪万千！

是啊，妻子从英国归来，

为了自己的事业经受了多少熬煎，

愧疚的感情冲击心弦。

我们"爱在深秋"，

常常在歌声里流连忘返。

但是，我以身许党，以身许国，

重任在肩，

凡事必须干在前边。

"地壳一号"进入最后阶段，

要接受国家最终的检验。

到了关键的百米冲刺，

前面就是冲刺的红线。

尽到最大的努力啊，

达到一个完美的收官！

让自己静下心来，

将论证报告放到眼前，

喧哗声已渐渐远去，

夜阑人静啊，

黄大年又将心思凝聚在笔端……

你们的团队又熬了三夜三天。

第四天你晕倒了，

秘书小王给你服了速效救心丸，
此时此刻小王感到阵阵心酸。
可有病在身的你却说：
"千万不要告诉别人！
晚上还要准备明天答辩。"
时间啊，为什么不能宽容？
答辩啊，为什么刻不容缓？

你日以继夜地工作，
第二天飞到北京进行专家答辩。
走进会场之前，
你又偷偷服下速效救心丸。
当你敦敦实实地站在讲坛上，
站在投影幕布前，

你依然如醉如痴地演示，

你依然精神焕发地侃侃而谈。

与会专家一致通过验收，

大家评价达到"国际一流水平"，

赞誉你做出"非凡"的贡献。

黄大年啊，黄大年，

是什么支撑你有如此强大的精神力量？

是什么让你如此坚强、百折不弯？

是责任，已凝成忠于祖国情感；

是责任，心中的大我高过青天；

是责任，肩负着实现中国梦的情怀；

是责任，置于个人生命之上的信念。

强烈的责任感啊，

让你的情那么深，
让你的爱那么浓，
"春蚕到死丝方尽，
蜡炬成灰泪始干！"

十一 比生命更重要

我们怀念石油战线的"铁人"王进喜，今天我们又见到科教战线的"铁人"黄大年。

你的腹部已经疼痛许多天，

但你屡次推迟检查的时间。

你说，"能让中国立于世界民族之林，

有一帮人在拼命"干！

你说，"为了理想，我愿做先行者，

牺牲者"，

这是你心灵深处的呼唤，

这是有血性的科学家的誓言，

这是共产党员的伟大情操，

这是为后人开辟美丽的明天！

二〇一六年的最后几天，

你天南地北地奔跑，

你像陀螺一样旋转，

开展多个项目的检验。

十一月二十九日的夜晚，

你乘坐北京到成都的航班，

在飞机上昏迷过去，

凌晨两点被送进成都第七人民医院。

你胸前紧紧抱住笔记本电脑，

检查的医生站在你的面前。

当你稍稍苏醒过来，

摸摸怀中的电脑还在，

放心一笑，说得很庄严：

"我要是不行了，

请把我的电脑交给国家，

里面的研究资料比我重要。"

是什么比你的生命更重要啊？

也许，那是关于国家机密的重要文件；

也许，那是关于"探地、潜海、巡天"；

也许，那是超越别人的创新方案；

也许，那是关于科学发展未来的蓝图；

也许，那是我们无法想象的宝贵意见。

也许啊，

——那是你思想智慧结出的果实，

——那是你赤诚肝胆凝成的诗篇，

——那是你生命花朵的怒放，

——那是你伟大情怀的展现。

我们捧万千炷香火为你祷念，

我们祈华夏神灵祝你平安。

中华民族伟大的魂魄啊，

它充沛寰宇，撒满人间。

世世代代相传！

十二　身外之物

HUANG
DANIAN

黄大年啊，黄大年，

你走过风雨兼程的道路，

你展现奋勇前进的勇敢，

你高尚无私的人格魅力，
让我们的心灵无不震撼。

你对金钱看得很淡，
仿佛是一缕轻烟。
几亿元的科研经费，
自己没拿一分钱。
有些人对此难以想象，
而对你来说却又极其自然。
有些人见了金钱就红了眼，
甚至不惜出卖灵魂和尊严。
你在科学研究中享受快乐，
你在奉献中将人生的价值体现。

你衣着朴素，
吃得也很简单。
但对金钱从不吝啬，
慷慨资助莘莘学子，
七年间不知花了多少钱！

你对荣誉、头衔看得很淡，
从来不斤斤计较，
这些仿佛与己无关。
别人多次提醒你要重视遴选科学院院士，
那是多大的荣耀啊，
你忙得把这事撇到一边。

你对所谓的"利害关系"看得很淡，

工作中不讲客套寒暄，

你说"只有国家利益"，

直面问题，不讲情面。

有时将对方"噎个半死"，

却没有隔阂留在心间。

工作中严格要求，一丝不苟，

改材料细到文字标点。

你会因有人工作疏忽

而大发雷霆，

事后再向人家道歉。

平日里与同志促膝谈心，

和睦相处有如兄弟一般。

你把个人的生死看得很"淡"，

你珍惜生活，

重视生命中的每一天；

你非常热爱生活，

有时像纯真孩子那样天真烂漫；

你非常热爱生命，

非常坚韧、豁达、乐观。

但是，你又执着地追求，

人的生命不能"轻于鸿毛"，

而要"重于泰山"！

你以天下为己任，

以国家需要为出发点。

多么崇高的人格，

多么透亮真诚的肝胆！

黄大年啊，黄大年，

你的追求，

你的风采，

你的气魄，

你的豪情，

你的信念，

都归于

最亮的、

最纯的、

最真的、

最高尚的、

最赤诚的一点。

情之所钟，

心之所系，

信念的归宿，

力量的源泉，
心有大我，
赤诚报国。
赤子之爱啊，
大爱无边！

十三　挥手告别

从成都回到长春，

重病的黄大年被强制送进医院。

等待着最后的检查结果，

人们的心里充满了期盼。
家人和同事焦急万分，
班里的同学轮流值班。
黄大年接受生命的最后考验，
也许人们无力回天。

二〇一七年元旦，
是黄大年手术后的
第十八天，
离生命的终点，
仅有一周的时间。
病床边，
你聆听习近平总书记
元旦祝词，

科技成果喜事连连。

"中国天眼"落成启用,

"墨子号"飞向太空,

"神州十一号"和"天宫二号"遨游

星汉……

中国的前程似锦,

"大家撸起袖子加油干"!

你眼角挂着激动的泪光,

心中却酸楚难言!

自己躺在病床上要躺多长时间啊,

何时能回到攻克

科学堡垒的前线!

你无力离开病床,

只见眼前输入血管的点滴,

犹如沉重的鼓槌，

敲击你的心坎……

你何曾知晓，

自己已面临生命的最后阶段。

你的身体斜倚病床，

但微笑依然挂在嘴边。

你身倾床边给学生解答疑难，

你强撑身体给同事写评职荐言，

你对即将出国的学生反复叮咛嘱咐，

你还在跟合作者交换意见。

你的生命力如此顽强，

你又是如此乐观。

黄大年啊，

生命的最后时刻，

你的心，

还扑在事业上；

你的心，

还燃烧着烈焰……

黄大年啊，黄大年，

生命的最后时刻，

你还使出浑身解数，

你还将每根神经调动，

你还让每个细胞裂变，

将血肉之躯啊，

化为丝丝缕缕，

化为殷殷切切，

化为滴滴涓涓。

苍天作证，

厚土有眼，

你是时代的楷模，

矗立天地之间。

黄大年啊，黄大年，

直到最后，

你对自己的事业，

还是信心满满，

还是豪气冲天！

那境界，

那力量，

那精神，

实在非凡！

你心有支撑，

你心有信念，

就会创造伟大的奇迹，

谱写壮丽的诗篇。

——时代的巨人啊，

"心有大我"的典范……

十四　浩歌一曲

黄大年，你真的走了吗？

不，你未曾离开，

你仍然活在我们中间，

你仍然巍然屹立在人们面前。

我们走在地质宫广场，

绿草如茵，鲜花争艳。

醒狮眺望远方，

华表伸向苍天。

我们仿佛看见这里有一座黄大年的雕像，

表达人民的敬意和思念。

但是有无人工的纪念碑并不重要，

值得珍惜和尊崇的是

——人们心中的纪念碑，

已矗立在地质宫广场，

已矗立在亿万人民心间，

你正高耸在天地之间！
山河为你动容，
寰宇为你赞叹，
你脚踏地手接天，
你是中华民族的
脊梁，
你是顶天立地的
好汉！

你实践了自己一生
神圣的诺言：
"青春无悔，
中年无怨，
老年无憾！"

"祖国高于一切",
是你高贵灵魂的体现;
思想注入血肉之躯,
情感凝成坚定信念。

黄大年啊,黄大年,
你短促的一生,
给后人留下许多镜鉴。
是啊,五十八个春秋,
和一百多岁相比,
是有酸楚,是有难言。
但是,你生命的光彩是如此绚烂,
伟大的付出让人民永远怀念。
在探地、潜海、巡天的伟大事业中,

你创造全国多项第一，

做出了杰出的贡献。

落后的赶上了，

赶上的并超越了。

在你成功的时刻，

你曾大喊：终于赶上了！赶上了！

伟大的呐喊啊，

让每一个中国人的灵魂，

无不为之兴奋，

无不为之震撼！

至今，你的声音还在震荡着，

响在山河大地，响在我们的耳边……

黄大年啊，黄大年，

面对疾病和死亡的威胁，

面对人生中的各种考验，

你做到淡然、坦然、欣然；

你主动、自觉、乐观，

你坚忍的意志，

你人格的魅力，

你爆发的精神力量，

就是威力无穷的原子弹！

江河滔滔，

厚土宽宽，

高山巍巍，

青天湛湛。

英雄浩气长存，

"我爱你，中国！"

直上云天！

祥云飘飘啊，

瑞霭团团。

浩歌一曲从天落，

永颂英雄黄大年！

科学家的赤子之心，

比星光更加璀璨！

十五　长空对话

白天未曾平复的心，

夜晚，还在泛着波澜。

行走在安静的街道上，

灯光朦胧，群星绚烂。
我驻足抬头凝望，
仿佛黄大年向我微笑，
一时间，我分不清
天上人间！

黄大年还是
走得匆匆忙忙，
有力地挥动臂膀，
一直向前！
我不禁发问：银河之上，
有谁相邀，与谁会面？
我紧盯黄大年的身影，
甚至不想眨眼。

天空中有无数星光闪烁，

忽然间，金星进射，

一派火树银花似被点燃。

多么熟悉的面孔啊，

走来了华罗庚、钱学森、邓稼先，

还有李四光、蒋筑英，

似久别重逢，

紧紧地握手……

似有万语千言！

华罗庚微笑着对黄大年说：

短短的七年时间，

你做出了那么大的贡献，

科教兴国，一定能够实现。

黄大年向华罗庚深深鞠躬：

华老，你在祖国危难之时，

冒着敌人炮火回到祖国。

我至今记得你说的话，

"为了抉择真理，

我们应当回去；

为了国家民族，

我们应当回去……"

你七十多岁的高龄，

还说出这样的豪言壮语：

"祖国中兴伟业，

死生甘愿同依！"

是你们为我做出了榜样，

我才能成为一朵小小的浪花，

奔腾向前……

钱学森投来鼓励的目光，

深有感触，望着黄大年：

"今天，振兴中华的声音

都震动了上天，天佑华夏，

中国巨龙一定会飞到世界前边！"

黄大年心中的潮水汹涌，

激动的声音有些发颤：

祖国中兴可期，

中国梦将在我们这代人手中实现！

科学家们边走边谈，

黄大年已走到邓稼先的身边。

邓稼先是你大学时的偶像，
一生参加三十二次核试验，
为了保护同志取得实验数据，
冒着生命危险，
最先跑去抱住了坠落的弹片，
自己却受到辐射感染。

仰望长空，星光闪闪，
请问哪一颗星星是华罗庚，
哪一颗星星是钱学森，
哪一颗星星是邓稼先、黄大年……
众星辉耀，普照祖国万里江山！

有人询问全国科技创新大会：

总书记习近平都讲了什么？

黄大年十分兴奋，似有万语千言：

习近平总书记讲到我研究的课题：

中国的探地、潜海、巡天，

他承认我们仍然落后

——我们探地开采深度只有五百米，

但向地球深部进军一定要赶到前边……

可以告慰各位前辈，

我们深探的深度已超过六千米大关，

一万米可期，但不是终点……

总书记说：发动科技创新的强大引擎，

让中国的航船破浪向前！^注

注：见习近平2016年5月31日在全国科技创新大会、两院院士大会、
中国科协全国第九次代表大会上讲话。

苍穹无际，繁星浩瀚，

探索宇宙的无穷奥秘，

中国正迈上新的起点。

中国宇航员已在太空行走，

搭建的空间站已是我们新的家园。

天地之间就会开辟新的航线……

望着夜空，浮想联翩。

一代一代，

一年一年，

一天一天，

有多少民族精英，

为振兴祖国，

献出肝胆！

量子通讯引领全球，

打开"天眼"让我们看得更高更远，

可燃冰开采的突破，

为未来打造新的能源……

你们开辟的道路会越走越宽，

你们播种的科学之花，

一定会花开不败，

让芳香永留人间。

十六　心香一瓣

黄大年深深体会到，

科技赶超西方世界，

需要奋斗几十年……

寄希望于莘莘学子，

未来要靠他们接班。

你有两个宽厚结实的肩膀：

一个肩膀支撑着科研的千斤重担，

一个肩膀驾起阶梯让青年人向上登攀。

历史就是那么巧合，

一个甲子又传承相连。

六十年前爱国科学家李四光，

从国外归来创办了长春地质学院。

六十年后黄大年接手了首届

"李四光试验班"。

你倾注心血培养的学生，

有的已经崭露头角做出了贡献。

你自己生活简朴，为学生却从不怕花钱。

为了让学生提高学习效率，

掌握现代化学习手段，

你拿钱为二十四名学生配备了电脑，

在人们眼中实属罕见。

你资助贫困的学生攻读博士，

你出资买无人机让学生进行"探天"

试验。

你甚至给贫寒学生家长住院医疗解决

困难，

桩桩件件无法细数，

涓涓滴滴将学生的心照亮点燃……

学生们常常去你创办的"茶思屋"，

在那里会掀起"头脑风暴"，

在那里会激发科研热情和创意灵感。

你说，这小小的世界，

也许会培养出诺贝尔奖得主……

启迪、陶冶、熏染，

你经常抽时间和他们促膝畅谈，

你的家也是他们爱去的"据点"。

你向他们灌注祖国利益高于一切的理念，

鼓励他们出国打开眼界，

学成了要回到祖国的身边。

你德才双馨，身教言传。

赤子之心日月昭昭啊，

学子的心中你是巍峨的大山！

下面这些诗行，

汇集的是学生的肺腑之言，

它是学生的真实回忆，

它是人间最优美的诗篇，

它是学生心里流出的甘泉。

这些话是大爱的见证，

是对生命的礼赞！

我没有添枝加叶，

我没有修饰的语言。

最真诚、最直率、最朴实，

也最撼动我的心弦！

"我好想您，好想您……

这世上您是最好的老师！"

——高秀鹤

"我夜夜含泪入眠，

睡醒了，涕泣涟涟。"

——刘杰、赵思敏

"黄老师实在太累，

被上帝请到天堂休息。"

——朱保健

"您累到脸发黑，

您累到眼出血丝。

您一天当成两天，

深夜常常不眠。"

——周帅

"第三次接触，

成就了你我的师生缘，

您说您爱着这个国家，

这个校园……

感受着您拳拳赤子之心，

爱国之情，

激动得血液都在沸腾：

我找到了方向！

我找到了领路人！"

——李丽丽

"您是一个总在给予的人，

您是一位当代真正的大师！"

——戴强

"看到您为学生流泪，

您一直都是我们的骄傲。"

——耿美霞

"在最好的年华遇见您，

是我今生最大的幸运与荣耀。"

——孙勇

"我多么希望，

用我生命的十年、二十年，

乃至后半生来换回您……"

——秦朋波

"经历悲伤、苦难后，

勇敢地站起来，

吾师之志，奋勇向前！"

——林松[注]

注：上述人名引言，均见于学生的纪念文章。吉林大学出版社《黄大年——把一切献给我的祖国》。

黄大年啊，黄大年，

我想，在天堂

你会听这些真挚

动情的语言！

你会挥泪微笑。

一代学子啊，

情深义重；

桃李争春啊，

花开绚烂！

我不想细数你如何操心，

我不想细数你花了多少金钱，

我不想细数你熬了多少夜晚，

我不想细数你有多少次促膝长谈，

我不想细数你慈父般的温暖，

你那颗透亮的心啊，

将永远鼓舞激励他们勇敢向前！

真情无价，

能用什么抵换？

大爱无疆，

无边无岸！

人世间，

真情最难得，

最难得的是柔情铁汉！

高山雪莲般纯洁，

丹心似火般鲜艳，

生命之爱啊，

大爱如天！

十七　生命永恒

HUANG
DANIAN

天地之间，
改革开放的洪流
滚滚向前；

中国梦在祖国大地

唱响；

中国的声音在全世界

传遍；

不忘初心，继续前行，

中国梦越来越清晰，

中国龙越飞越高远。

人心越来越齐，

大道越走越宽。

正能量在天地间流动，

铁流二万五千里，

勇敢向前！

黄大年啊，黄大年，

你开创的事业，

有人继承；

你高举的红旗，

会更加鲜艳。

"黄大年班"即将出现，

"黄大年基金"正在筹办，

黄大年坚持的项目——落实，

黄大年的理想一定实现！

黄大年的精神，

代代相传！

我们民族的血脉，

"心有大我，至诚报国"，

金光灿灿，重于泰山，

八个大字永远高悬

天地之间！

江河澎湃，

时间一去不返；

天宇浩瀚，

星空无限。

广厦如群峰高耸，

并非长存久远；

只有精神的家园，

才能给予人类长久的温暖。

天地之间，

信念是人生的指针，

中华魂魄永远留在我们心间。

"心有大我"啊，

大我超越时空的无限！

"至诚报国"，

中华文明世代相传。

祖国是你的"大"家，

母亲永远是你的靠山。

为祖国尽心尽力，

让自己有限的生命

创造人类永恒的春天！